GRöLS Verlage

„BÜCHER SIND WIE FALLSCHIRME. SIE NÜTZEN UNS NICHTS, WENN WIR SIE NICHT ÖFFNEN.“

Gröls Verlag

Redaktionelle Hinweise und Impressum

Das vorliegende Werk wurde zugunsten der Authentizität sehr zurückhaltend bearbeitet. So wurden etwa ursprüngliche Rechtschreibfehler *nicht* systematisch behoben, denn kleine Unvollkommenheiten machen das Buch – wie im Übrigen den Menschen – erst authentisch. Mitunter wurden jedoch zum Beispiel Absätze behutsam neu getrennt, um den Lesefluss zu erleichtern.

Um die Texte zu rekonstruieren, werden antiquarische Bücher von Lesegeräten gescannt und dann durch eine Software lesbar gemacht. Der so entstandene Text wird von Menschen gegengelesen und korrigiert – hierbei treten auch Fehler auf. Wenn Sie ebenfalls antiquarische Texte einreichen möchten, finden Sie weitere Informationen auf www.groels.de

Viel Freude bei der Lektüre wünscht Ihnen das Team des Gröls-Verlags.

Adressen

Verleger: Sophia Gröls, Im Borngrund 26, 61440 Oberursel

Externer Dienstleister für Distribution & Herstellung: BoD, In de Tarpen 42, 22848 Norderstedt

Unsere „Edition | Werke der Weltliteratur" hat den Anspruch, eine der größten und vollständigsten Sammlungen klassischer Literatur in deutscher Sprache zu sein. Nach und nach versammeln wir hier nicht nur die „üblichen Verdächtigen" von Goethe bis Schiller, sondern auch Kleinode der vergangenen Jahrhunderte, die – zu Unrecht – drohen, in Vergessenheit zu geraten. Wir kultivieren und kuratieren damit einen der wertvollsten Bereiche der abendländischen Kultur. Kleine Auswahl:

Francis Bacon • Neues Organon • **Balzac** • Glanz und Elend der Kurtisanen • **Joachim H. Campe** • Robinson der Jüngere • **Dante Alighieri** • Die Göttliche Komödie • **Daniel Defoe** • Robinson Crusoe • **Charles Dickens** • Oliver Twist • **Denis Diderot** • Jacques der Fatalist • **Fjodor Dostojewski** • Schuld und Sühne • **Arthur Conan Doyle** • Der Hund von Baskerville • **Marie von Ebner-Eschenbach** • Das Gemeindekind • **Elisabeth von Österreich** • Das Poetische Tagebuch • **Friedrich Engels** • Die Lage der arbeitenden Klasse • **Ludwig Feuerbach** • Das Wesen des Christentums • **Johann G. Fichte** • Reden an die deutsche Nation • **Fitzgerald** • Zärtlich ist die Nacht • **Flaubert** • Madame Bovary • **Gorch Fock** • Seefahrt ist not! • **Theodor Fontane** • Effi Briest • **Robert Musil** • Über die Dummheit • **Edgar Wallace** • Der Frosch mit der Maske • **Jakob Wassermann** • Der Fall Maurizius • **Oscar Wilde** • Das Bildnis des Dorian Grey • **Émile Zola** • Germinal • **Stefan Zweig** • Schachnovelle • **Hugo von Hofmannsthal** • Der Tor und der Tod • **Anton Tschechow** • Ein Heiratsantrag • **Arthur Schnitzler** • Reigen • **Friedrich Schiller** • Kabale und Liebe • **Nicolo Machiavelli** • Der Fürst • **Gotthold E. Lessing** • Nathan der Weise • **Augustinus** • Die Bekenntnisse des heiligen Augustinus • **Marcus Aurelius** • Selbstbetrachtungen • **Charles Baudelaire** • Die Blumen des Bösen • **Harriett Stowe** • Onkel Toms Hütte • **Walter Benjamin** • Deutsche Menschen • **Hugo Bettauer** • Die Stadt ohne Juden • **Lewis Caroll** • *und viele mehr….*

Hartmann von Aue

Der arme Heinrich

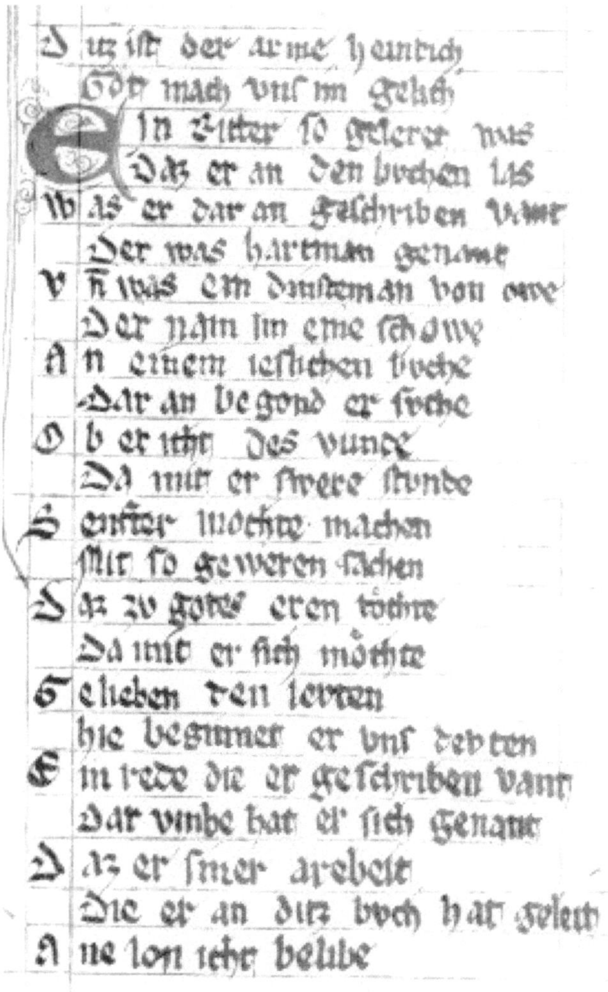
Diz ist der arme heinrich
Got mach vns im gelich
Ein Ritter so gelerer was
Daz er an den buchen las
Was er dar an geschriben vant
Der was hartman genant
Vn̄ was ein dinstman von owe
Der nam im eine schowe
An einem teslichen buche
Dar an begond er suche
Ob er icht des vunde
Da mit er swere stunde
Senfter mochte machen
Mit so geweren sachen
Daz zu gotes eren tochte
Da mit er sich mŏchte
Gelieben den leuten
hie beginnet er vns deuten
Ein rede die er geschriben vant
Dar vmbe hat er sich genant
Daz er siner arebeit
Die er an ditz buch hat geleit
Ane lon icht belibe

Ein ritter so geleret was,
daz er an den buochen las,
swaz er dar an geschriben vant:
der was Hartman genant,
dienstman was er zouwe.
er nam im manige schouwe
an mislichen buochen:
dar an begunde er suochen,
ob er iht des vunde,
da mitte er swaere stunde
möhte senfter machen,
und von so gewanten sachen,
daz gotes eren töhte
und da mite er sich möhte

gelieben den liuten:

nu beginnet er iu diuten

ein rede, die er geschriben vant.

dar umbe hat er sich genant,

daz er siner arbeit,

die er dar an hat geleit,

iht ane lon belibe, und swer nach sinem libe

si hoere sagen oder lese,

daz er im bittende wese

der sele heiles hin ze gote.

man giht, er si sin selbes bote

und erloese sich da mite,

swer vür des andern schulde bite.

Er las daz selbe maere,

wie ein herre waere
ze Swaben gesezzen:
an dem enwas vergezzen
deheiner der tugent
die ein ritter in siner jugent
ze vollem lobe haben sol.
man sprach do nieman also wol
in allen den landen.
er hete ze sinen handen
geburt unde richeit:
ouch was sin tugent vil breit.
swie ganz sin habe waere,
sin geburt unwandelbaere
und wol den vürsten gelich,

doch was er unnach also rich
der geburt und des guotes
so der eren und des muotes.

Sin name was gnuoc erkennelich:
er hiez der herre Heinrich
und was von Ouwe geborn.
sin herze hate versworn
valsch und alle dörperheit
und behielt ouch vaste den eit
staete unz an sin ende.
ane alle missewende
stuont sin ere und sin leben.
im was der rehte wunsch gegeben
von werltlichen eren:

die kunde er wol gemeren

mit aller hande reiner tugent.

er was ein bluome der jugent,

der werltvreude ein spiegelglas,

staeter triuwe ein adamas,

ein ganziu krone der zuht.

er was der nothaften vluht,

ein schilt siner mage,

der milte ein glichiu wage:

im enwart über noch gebrast.

er truoc den arbeitsamen last

der eren über rücke.

er was des rates brücke

und sanc vil wol von minnen.

alsus kunde er gewinnen
der werlte lop unde pris.
er was hövesch unde wis.
Do der herre Heinrich
alsus geniete sich
eren unde guotes
und vroeliches muotes
und werltlicher wünne
(er was vür al sin künne
gepriset unde geret),
sin hochmuot wart verkeret
in ein leben gar geneiget.
an im wart erzeiget,
als ouch an Absalone,

daz diu üppige krone
werltlicher süeze
vellet under vüeze
ab ir besten werdekeit,
als uns diu schrift hat geseit.
ez sprichet an einer stat da:
„mediä vita
in morte sumus“.
daz diutet sich alsus,
daz wir in dem tode sweben,
so wir aller beste waenen leben.

Dirre werlte veste,
ir staete und ir beste
und ir groeste mankraft,

diu stat ane meisterschaft.
des muge wir an der kerzen sehen
ein warez bilde geschehen,
daz si zeiner aschen wirt,
iemitten daz si lieht birt.
wir sin von broeden sachen.
nu sehet, wie unser lachen
mit weinenne erlischet.
unser süeze ist gemischet
mit bitterer gallen.
unser bluome der muoz vallen,
so er aller grüenest waenet sin.
an hern Heinriche wart wol schin:
der in dem hoehsten werde

lebet uf dirre erde,

derst der versmahte vor gote.

er viel von sinem gebote

ab siner besten werdekeit

in ein smaehlichez leit:

in ergreif diu miselsuht.

do man die swaeren gotes zuht

ersach an sinem libe,

manne unde wibe

wart er do widerzaeme.

nu sehet, wie genaeme

er e der werlte waere,

und wart nu als unmaere.

ze hewe wart sin grüenez gras,

der e der werlte venre was,

daz in niemen gerne sach:

als ouch Jobe geschach,

dem edeln und dem richen,

der ouch vil jaemerlichen

dem miste wart ze teile

iemitten in sinem heile.

Do der arme Heinrich

von erste verstuont sich,

daz er der werlte widerstuont,

als alle sine geliehen tuont.

do schiet in sin bitter leit

von Jobes geduldikeit.

wan ez leit Job der guote

mit geduldigem muote,
doz im ze lidenne geschach,
durch der sele gemach
den siechtuom und die swacheit,
die er von der werlte leit:
des lobete er got und vreute sich.
do tete der arme Heinrich
leider niender also:
er was truric und unvro.
sin swebendez herze daz verswanc,
sin swimmendiu vreude ertranc,
sin hochvart muose vallen,
sin honec wart ze gallen.
ein swinde vinster donerslac

zebrach im sinen mitten tac,
ein trüebez wolken unde dic
bedahte im siner sunnen blic.
er sente sich vil sere,
daz er so manege ere
hinder im müese lazen.
vervluochet und verwazen
wart vil dicke der tac,
da sin geburt ane lac.

Ein wenic vreute er sich doch
von einem troste dannoch:
wan im wart dicke geseit,
daz diu selbe siecheit
waere vil mislich

und etelichlu genislich.

des wart vil maniger slahte

sin gedinge und sin ahte.

er gedahte, daz er waere

vil lihte genisbaere,

und vuor also drate

nach der arzate rate

gegen Munpasiliere.

da vant er vil schiere

niuwan den untrost,

daz er niemer würde erlost.

daz horte er ungerne

und vuor engegen Salerne

und suochte euch da durch genist
der wisen arzate list.

Den besten meister, den er da vant,
der seite ime sa zehant
ein seltsaene maere,
daz er genislich waere
und waere doch iemer ungenesen.
do sprach er: 'wie mac daz wesen?
diu rede ist harte unmügelich.
bin ich genislich, so genise ich:
und swaz mir vür wirt geleit
von guote ode von arbeit,
daz getruwe ich wol bringen.'
'nu lat den gedingen',

sprach der meister aber do:
'iuwer sühte ist also:
– waz vrumet, daz ichz iu kunt tuo? –
da hoeeret arzenie zuo:
des waeeret ir genislich.
nu enist aber nieman so rich
noch von so starken sinnen,
der si müge gewinnen.
des sit ir iemer ungenesen,
got enwelle der arzat wesen.'

Do sprach der arme Heinrich:
'war umbe untroestet ir mich?
joch han ich guotes wol die kraft:
ir enwellet danne meisterschaft

und iuwer reht brechen
und dar zuo versprechen
beidiu min silber und min golt,
ich mache iuch mir also holt,
daz ir mich harte gerne nert.'
'mir waere der wille unerwert',
sprach der meister aber do,
'und waere der arzenie also,
daz man si veile vunde
ode daz man si kunde
mit deheinem liste erwerben,
ich enlieze iuch niht verderben.
nu enmac des leider niht sin:
da von muoz iu diu helfe min

durch alle not sin versaget.
ir müeset haben eine maget,
diu vollen manbaere
und des willen waere,
daz si den tot durch iuch lite.
nu enist ez niht der liute site,
daz ez ieman gerne tuo.
so enhoert ouch anders niht dar zuo
niuwan der rnaget herzebluot:
daz waere vür iuwer suht guot.'

Nu erkande der arme Heinrich,
daz daz waere unmügelich,
daz iemen den erwürbe,
der gerne vür in stürbe.

alsus was im der trost benomen,
uf den er dar was komen;
und dar nach vür die selben vrist
enhete er ze siner genist
dehein gedingen mere.
des wart sin herzesere
also kreftic unde groz,
daz in des aller meist verdroz,
ob er langer solde leben.
nu vuor er heim und begunde geben
sin erbe und euch sin varnde guot,
als in do sin selbes muot
und wiser rat lerte,
da erz aller beste kerte.

er begunde bescheidenlichen
sine armen vriunt richen
und troste ouch vremede armen,
daz sich got erbarmen
geruochte über der sele heil:
den kloestern viel daz ander teil.
alsus tet er sich abe
bescheidenlichen siner habe
unz an ein geriute:
dar vloch er die liute.
disiu jaemerliche geschiht
diu was sin eines klage niht:
in klageten elliu diu lant,
dä er inne was erkant,

und ouch von vremeden landen,
die in nach sage erkanden.

Der e diz geriute
und der ez dannoch biute,
daz was ein vrier buman,
der vil selten ie gewan
dehein groz ungemach,
daz andern geburen doch geschach,
die wirs geherret waren
und si die niht verbaren
beidiu mit stiure und mit bete.
swaz dirre gebure gerne tete,
des duhte sinen betten genuoc:
dar zuo er in übertruoc,

daz er deheine arbeit

von vremedem gewalte leit.

desn was deheiner sin gelich

in dem lande also rich.

zuo deme zoch sich

sin herre, der arme Heinrich.

swaz er im hete e gespart,

wie wol daz nu gedienet wart

und wie schone er sin genoz!

wan in vil lützel des verdroz,

swaz im ze tuonne geschah durch in.

er hete die triuwe und ouch den sin,

daz er vil willeclichen leit

den kumber und die arbeit,

diu im ze lidenne geschach.

er schuof ime rich gemach.

Got hete dem meier gegeben
nach siner ahte ein reinez leben.
er hete ein wol erbeiten lip
und ein wol werbendez wip,
dar zuo hete er schoeniu kint,
diu gar des mannes vreude sint,
unde hete, so man saget,
under den eine maget,
ein kint von ahte jaren:
daz kunde gebaren
sö rehte güetlichen:
diu wolde nie entwichen

von ir herren einen vuoz.
umbe sin hulde und sinen gruoz
diente si im alle wege
mit ir güetlichen phlege.
si was ouch so genaeme,
daz si wol gezaeme
ze kinde dem riche
an ir waetliche.

Die andern haten den sin,
daz si ze rehter rnaze in
wol gemiden kunden:
so vloch si zallen stunden
zim und niender anderswar.
si was sin kurzwile gar.

si hete ir gemüete

mit reiner kindes güete

an ir herren gewant,

daz man si zallen ziten vant

under sinem vuoze.

mit süezer unmuoze

wonte si ir herren bi.

dar zuo liebete er ouch si,

swa mite er mohte

und daz der maget tohte

zuo ir kintlichen spil:

des gap der herre ir vil.

ouch half in sere, daz diu kint

so lihte ze wenenne sint.

er gewan ir, swaz er veile vant:
spiegel unde harbant,
und swaz kinden liep solte sin,
gürtel unde vingerlin.
mit dienste brahte siz an die vart,
daz er ir also holt wart,
daz er si sin gemahel hiez.
diu guote maget in liez
beliben selten eine:
er duhte si vil reine.
swie starke ir daz geriete
diu kindische miete,
iedoch geliebete irz aller meist
von gotes gebe ein süezer geist.

ir dienest was so güetlich.

do der arme Heinrich

driu jar da entwelte

und im got gequelte

mit grozem sere den lip,

nu saz der meler und sin wip

und ir tohter, diu maget,

von der ich iu e han gesaget,

bi im in ir unmüezikeit

und weinden ir herren leit.

der klage gienc in michel not:

wan si vorhten, daz sin tot

si sere solte letzen

und vil gar entsetzen

eren unde guotes,
und daz herters muotes
würde ein ander herre.
si gedahten also verre,
unz der selbe buman
alsus vragen began.

Er sprach: 'lieber herre min,
möhtez mit iuwern hulden sin,
ich vragete vil gerne:
so vil zuo Salerne
von arzenien meister ist,
wie kumet, daz ir deheines list
ziuwerm ungesunde
niht geraten kunde?

herre, des wundert mich.'

do holte der arme Heinrich

tiefen suft von herzen

mit bitterlichem smerzen:

mit solher riuwe er do sprach,

daz im der suft daz wort zebrach:

'Ich han den schemelichen spot

vil wol gedienet umbe got

wan du saehe wol hie vor,

daz hoch offen stuont min tor

nach werltlicher wünne

und daz niemen in sinem künne

sinen willen baz hete dan ich:

und was daz doch unmügelich,

wan ich in het mit vrevil gar.

do nam ich sin vil kleine war,

der mir daz selbe wunschleben

von sinen gnaden hete gegeben.

daz herze mir do also stuont,

als alle werlttoren tuont,

den daz raetet ir muot,

daz si ere unde guot

ane got mügen han.

sus trouc ouch mich min tumber wan,

wan ich in lützel ane sach,

von des gnaden mir geschach

vil eren unde guotes.

do des hochmuotes

den hohen portenaere verdroz,

die saelden porte er mir besloz.

da kum ich leider niemer in:

daz verworhte mir min tumber sin.

got hat durch rache an mich geleit

ein sus gewante siecheit,

die nieman mac erloesen.

nu versmahe ich den boesen,

die biderben ruochent min niht.

swie boese er ist, der mich gesiht,

des boeser muoz ich dannoch sin.

sin unwert tuot er mir schin:

er wirfet diu ougen abe mir.

nu schinet alrest an dir

dine triuwe, die du hast,
daz du mich siechen bi dir last
und von mir niene vliuhest.
swie du mich niht enschiuhest,
swie ich niemen liep si wan dir,
swie vil dins heiles ste an mir,
du vertrüegest doch wol minen tot.
nu wes unwert und wes not
wart ie zer werlte merre?
hie vor was ich din herre
und bin din dürftige nu.
min lieber vriunt, nu koufestu
und min gemahel und din wip
an mir den ewigen lip,

daz dü mich siechen bi dir last.

des dü mich gevraget hast,

daz sage ich dir vil gerne.

ich enkunde zuo Salerne

deheinen meister vinden,

der sich min underwinden

getörste ode wolde.

wan da mite ich solde

miner sühte genesen,

daz müese ein selhiu sache wesen,

die in der werlte nieman

mit nihte gewinnen kan.

mir wart anders niht gesaget,

wan daz ich müese han ein maget,

diu vollen manbaere
und des willen waere,
daz si den tot durch mich lite
und man si zem hetzen snite,
und mir waere niht anders guot
wan von ir hetzen daz bluot.
nu ist genuoc unmügelich,
daz ir deheiniu durch mich
gerne lide den tot.
des muoz ich schäntliche not
tragen unz an min ende.
daz mirz got schiere sende!'

Daz er dem vater hete gesaget,
daz erhorte diu reine maget:

wan ez hete diu vil süeze

ir lieben herren vüeze

stande in ir schozen.

man mohte wol genozen

ir kintlich gemüete

hin zuo der engel güete.

siner rede nam si war

unde marhte si gar:

si enkam von ir herzen nie,

unz si des nahtes slafen gie

zir vater vüezen, da si lac,

und euch ir muoter, so si phlac.

do si beide entsliefen,

manigen suft tiefen

holte si von herzen.

umbe ir herren smerzen

wart ir riuwe also groz,

daz ir ougen regen begoz

der slafenden vüeze.

sus erwahte si diu süeze.

Do si der trähene emphunden,

si erwacheten und begunden

si vragen, waz ir waere

und welher hande swaere

si also stille möhte klagen.

nu enwolte sis in niht gesagen.

do ir vater aber tete

vil manege dro unde bete,

daz siz in müese sagen,

si sprach: 'ir möhtet mit mir klagen.

waz mac uns me gewerren

danne an unsern herren,

daz wir den suln verliesen

und mit im verkiesen

beidiu guot und ere?

wir gewinnen niemer mere

deheinen herren also guot,

der uns tuo, daz er uns tuot.'

si sprachen: 'tohter, du hast war.

nu vrumet uns niht umbe ein har

unser riuwe und diu klage.

liebez kint, da von gedage:

ez ist uns also leit so dir.
leider nu enmuge wir
im ze deheinen staten komen.
got der hat in uns benomen:
hetez ieman anders getan,
der müese unsern vluoch han.'

Alsus gesweicten si si do.
die naht beleip si unvro
und morgen allen den tac.
swes iemen anders phlac,
diz enkam von ir herzen nie,
unz man des andern nahtes gie
slafen nach gewonheit.
do si sich hate geleit

an ir alte bettestat,
si bereite aber ein bat
mit weinenden ougen:
wan si truoc tougen
nahen in ir gemüete
die aller meisten güete,
die ich von kinde ie vernam.
welch kint getete ouch ie alsam?
des einen si sich gar bewac,
gelebete si morgen den tac,
daz si benamen ir leben
umbe ir herren wolde geben.

Von dem gedanke wart si do
vil ringes muotes unde vro

und enhete deheine sorge me,

wan ein vorhte diu tet ir we:

so siz ir herren sagete,

daz er dar an verzagete,

und swenne siz in allen drin

getaete kunt, daz si an in

der state niene vunde,

daz mans ir iht gunde.

des wart so groz ir ungehabe,

daz ir muoter dar abe

und ir vater wart erwaht

als ouch an der vordern naht.

si rihten sich uf zuo ir

und sprachen: 'sich, waz wirret dir?

du bist vil alwaere,
daz du dich so manige swaere
von selber klage hast an genomen
der nieman mac zeim ende komen.
wan lastu uns slafen?'
sus begunden si si strafen:
waz ir diu klage töhte,
die nieman doch enmöhte
erwenden noch gebüezen?
sus wanden si die süezen
han gesweiget anderstunt:
do was ir wille in unkunt.
sus antwurte in diu maget:
'als uns min herre hat gesaget,

so mac man in vil wol ernern.

zeware ir enwelt mirz danne wern,

so bin ich zer arzenie guot.

ich bin ein maget und han den muot,

e ich in sihe verderben,

ich wil e vür in sterben.'

Von dirre rede wurden do

trurec und unvro

beide muoter unde vater.

sine tohter die bater,

daz si die rede lieze

und ir herren gehieze,

daz si geleisten möhte,

wan ir diz niene töhte.

er sprach: 'tohter, du bist ein kint
und dine triuwe die sint
ze groz an disen dingen.
du enmaht si niht bringen,
als du uns hie hast verjehen.
du hast des todes niht gesehen.
swennez dir kumet uf die vrist,
daz des dehein rat ist,
du enmüezest ersterben,
und möhtestu daz erwerben,
du lebetest gerner dannoch:
wan du enkaeme nie in leider loch.
tuo zuo dinen munt:
und wirstu vür dise stunt

der rede iemer mere lut,
ez gat dir uf dine hut.'
alsus wande er si do
beidiu mit bete und mit dro
gesweigen: do enmohter.

Sus antwurte im sin tohter:
'vater min, swie tump ich si,
mir wonet iedoch diu witze bi,
daz ich von sage wol die not
erkenne, daz des libes tot
ist stare unde strenge.
Swer joch danne die lenge
mit arbeiten leben sol,
dem ist ouch niht ze wol:

wan swenne er hie geringet
und uf sin alter bringet
den lip mit micheler not,
so muoz er liden doch den tot.
ist im diu sele danne verlorn,
so waere er bezzer ungeborn.
ez ist mir komen uf daz zil,
des ich got iemer loben wil,
daz ich den jungen lip mac geben
umbe daz ewige leben.

Nu sult ir mirz niht leiden.
ich wil mir und in beiden
vil harte wol inne varn.
ich mac uns eine wol bewarn

vor schaden und vor leide,
als ich in nu bescheide.
wir han ere unde guot:
daz meinet mines herren muot,
wan er uns leit nie gesprach
und ouch daz guot nie abe gebrach.
die wile daz er leben sol,
so stat unser sache wol:
und laze wir den ersterben,
so müezen wir verderben.
den wil ich uns vristen
mit also schoenen listen,
da mite wir alle sin genesen.
nu gunnet mirs, wan ez muoz wesen.'

Diu muoter weinende sprach,

do si der tohter ernest sach:

gedenke, tohter, liebez kint,

wie groz die arbeite sint,

die ich durch dich erliten han,

und la mich bezzern lon emphan,

dan ich dich hoere sprechen.

du wilt min herze brechen.

senfte mir der rede ein teil.

ja wiltu allez din heil

an uns verwürken wider got?

wan gedenkestu an sin gebot?

ja gebot er unde bater,

daz man muoter unde vater

minne und ere biete,
und geheizet daz ze miete,
daz der sele genist werde
und lanclip uf der erde.
du gihst, du wellest din leben
durch unser beider vreude geben:
du wilt iedoch uns beiden
daz leben vaste leiden.
daz din vater unde ich
gerne leben, daz ist durch dich.
waz solde uns lip unde guot,
waz solde uns werltlicher muot,
swenne wir din enbaeren?
dun solt uns niht beswaeren.

ja soltu, liebiu tohter min,

unser beider vreude sin,

unser liebe ane leide,

unser liehtiu ougenweide

unser libes wünne,

ein bluome in dinem künne,

unsers alters ein stap.

und lazestu uns über din grap

gestan von dinen schulden,

du muost von gotes hulden

iemer sin gescheiden:

daz koufest an uns beiden.

wiltu uns, tohter, wesen guot,

so soltu rede und den muot

durch unsers herren hulde lan,

diu ich von dir vernomen han.

Si sprach: 'muoter, ich getruwe dir

und minem vater her ze mir

aller der genaden wol,

der vater unde muoter sol

leisten ir kinde,

als ich ez wol bevinde

an iu aller tegelich.

von iuwern gnaden han ich

die sele und einen schoenen lip.

mich lobet man unde wip,

alle, die mich sehende sint,

ich si daz schoeneste kint,

daz si zir lebene haben gesehen.

wem solde ich der genaden jehen

niuwan in zwein nach gote?

des sol ich ziuwerm gebote

iemer vil gerne stan:

wie michel reht ich des han!

Muoter, saeligez wip,

sit ich nu sele unde lip

von iuwern genaden han,

so latz an iuwern hulden stan,

daz ich ouch diu beide

von dem tiuvel scheide

und mich gote müeze geben.

ja ist dirre werlte leben

niuwan der sele verlust.

ouch hat mich werltlich gelust

unz her noch niht berüeret,

der hin zer helle vüeret.

nu wil ich gote gnade sagen,

daz er in minen jungen tagen

mir die sinne hat gegeben,

daz ich uf diz broede leben

ahte harte kleine.

ich wil mich alsus reine

antwürten in gotes gewalt.

ich vürhte, so!de ich werden alt,

daz mich der werlte süeze

zuhte under vüeze,

als si vil manigen hat gezogen,
den ouch ir süeze hat betrogen:
so würde ich lihte gote entsaget.
dem müezez iemer sin geklaget,
daz ich unz morgen leben sol.
mir behaget diu werlt niht so wol:
ir gemach ist michel arbeit,
ir meiste liep ein herzeleit,
ir süezer lon ein bitter not,
ir lanclip ein gaeher tot.
wir han niht gewisses rne
wan hiute wol und morgen we
und ie ze jungest der tot:
daz ist ein jaemerlichiu not.

ez enschirmet geburt noch guot,

schoene, sterke, hoher muot,

ez envrumet tugent noch ere

vür den tot niht mere

dan ungeburt und untugent.

unser leben und unser jugent

ist ein nebel und ein stoup,

unser staete bibet als ein loup.

Er ist ein vil verschaffen gouch

der gerne in sich vazzet rouch,

ez si wip ode man,

der diz niht wol bedenken kan

und der werlde volgende ist,

wan uns ist über den vulen mist

der phellel gespreitet:

swen nu der blic verleitet,

der ist zer helle geborn

und enhat niht verlorn

wan beidiu sele unde lip.

nu gedenket, saeligez wip,

müeterlicher triuwe

und senftet iuwer riuwe,

die ir dä habet umbe mich:

so bedenket ouch der vater sich

ich weiz wol, daz er mir heiles gan.

er ist ein also biderber man,

daz er erkennet wol, daz ir

unlange doch mit mir

iuwer vreude muget han,

ob ich joch lebende bestan

belibe ich ane man bi iu

zwei jar ode driu,

so ist min herre lihte tot,

und komen in so groze not

vil lihte von armuot,

daz ir mir selhez guot

zeinem man niht rnuget geben,

ich enmüeze also swache leben,

daz ich iu lieber waere tot.

nu geswige wir aber der not,

daz uns niht enwerre

und uns min lieber herre

wer und also lange lebe,
unz man mich zeinem manne gebe,
der riche si unde wert
so ist geschehen, des ir da gert,
und waenet, mir si wol geschehen.
anders hat mir min muot verjehen
wirt er mir liep, daz ist ein not
wirt er mir leit, daz ist der tot.
so han ich iemer leit
und bin mit ganzer arbeit
gescheiden von gemache
mit maneger hande sache,
diu den wiben wirret
und si an vreuden irret.

Nu setzet mich in den vollen rat,
der da niemer zegat.
min gert ein vrier buman,
dem ich wol mines libes gan.
zeware, dem sult ir mich geben,
so ist geschaffen wol min leben.
im gat sin phluoc harte wol,
sin hof ist alles rates vol,
da enstirbet ros noch daz rint
da enmüent diu weinenden kint
da enist ze heiz noch ze kalt,
da enwirt von jaren nieman alt
(der alte wirt junger),
da enist vrost noch hunger

da enist deheiner slahte leit,

da ist ganziu vreude ane arbeit.

ze dem wil ich mich ziehen

und selhen bu vliehen,

den der schur und der hagel sleht

und der wac abe tweht,

mit dem man ringet und ie ranc.

swaz man daz jar also lanc

dar uf garbeiten mac,

daz verliuset schiere ein halber tac.

den bu den wil ich lazen:

er si von mir verwazen.

ir minnet mich, deist billich.

nu sihe ich gerne, daz mich

iuwer minne iht unminne.
ob ir iuch rehter sinne
an mir verstan kunnet,
und ob ir mir gunnet
guotes und eren,
so lazet mich keren
zunserm herren jesu Krist,
des gnade also staete ist,
daz si niemer zegat,
und ouch zuo mir armen hat
also groze minne
als zeiner küniginne.

Ich sol von minen schulden
uz iuweren hulden

niemer komen, wil ez got.
ez ist gewisse sin gebot,
daz ich iu si undertan,
wan ich den lip von iu han:
daz leiste ich ane riuwe.
euch sol ich mine triuwe
an mir selber niht brechen.
ich horte ie daz sprechen:
swer den andern vreuwet so,
daz er selbe wirt unvro,
und swer den andern kroenet
und sich selben hoenet,
der triuwen si joch ze vil.
wie gerne ich iu des volgen wil,

daz ich in triuwe leiste,

mir selber doch die meiste!

welt ir mir wenden min heil

so laze ich iuch ein teil

e nach mir geweinen,

ich enwelle mir erscheinen,

wes ich mir selber schuldic bin.

ich wil lemer da hin,

da ich volle vreude vinde.

ir habet ouch me kinde:

diu lat iuwer vreude sin

und getroestet iuch min.

mir mac daz nieman erwern

zeware, ich enwelle ernern

minen herren unde mich.

muoter, ja horte ich dich

klagen unde sprechen e

ez taete dinem herzen we,

soldestu ob minem grabe stan.

des wirstu harte wol erlan:

du stast ob minem grabe niht,

wan da mir der tot geschiht,

daz enlat dich nieman sehen:

ez sol ze Salerne geschehen.

da sol der tot uns Ioesen

von den hellegeisten boesen.

des todes genese wir

und ich verre baz dan ir.'

Do si daz kint sahen

zem tode so gahen

und ez so wislichen sprach

unde menschlich reht zebrach,

si begunden ahten under in,

daz die wisheit und den sin

niemer erzeigen kunde

dehein zunge in kindes munde.

si jahen, daz der heilic geist

der rede waere ir volleist,

der ouch sant Niklauses phlac.

do er in der wagen lac,

und in die wisheit lerte,

daz er ze gote kerte

sine kintliche güete.
sich bedahte ir gemüete,
daz si niene wolden
si wenden noch ensolden,
daz si sich hete an genomen:
der sin si ir von gote komen.
von jamer erkaltet in der lip.
do der meier und sin wip
an dem bette sazen
also, daz si vergazen
durch des kindes minne
der zungen und der sinne,
zuo der selben stunde
ir dewederz enkunde

ein einic wort gesprechen.
daz gegihte begunde brechen
die muoter vor leide.
sus gesazen si beide
riuwec und unvro,
unz si sich bedahten do,
waz in ir truren töhte:
so ir doch niht enmöhte
benemen willen und den muot.
so enwaere in niht also guot,
so daz si irs wol gunden,
wan si doch niht enkunden
ir niemer werden ane baz.
geviengen si der rede haz,

ez möhte in an ir herren
vil harte gewerren
und verviengen anders niht da mite.
mit vil willeclichem site
jahen si beidiu do,
daz si der rede waeren vro.

Des vreute sich diu reine maget.
do ez vil kume was getaget,
do gienc si, da ir herre slief.
sin gemahel im do rief,
si sprach: 'herre, slafet ir?'
'nein ich, gemahel, sage mir,
wie bistu hiute also vruo?'
'herre, da twinget mich dar zuo

der jamer iuwer siecheit.'
er sprach: 'gemahel, daz ist dir leit:
daz erzeigestu an mir wol,
als ez dir got vergelten sol.
nu enmac es dehein rat sin.'
'entriuwen, lieber herre min,
iuwer wirt vil guot rat.
sit ez alsus umbe iuch stat,
daz man iu gehelfen mac,
ichn gesume iuch niemer tac.
herre, ir hat uns doch gesaget,
ob ir hetet eine maget,
diu gerne den tot durch iuch lite,
da soldet ir genesen mite.

diu wil ich weizgot selbe sin:
iuwer leben ist nützer dannez min.'

Do genadete ir der herre
des willen harte verre,
und ervolleten im diu ougen
von jamer also tougen.
er sprach: 'gemahel, ja enist der tot
jedoch niht ein senftiu not,
als du dir lihte hast gedaht.
du hast mich des wol innen braht,
möhtestu, du hülfest mir.
des genüeget mich von dir.
ich erkenne dinen süezen muot:
din wille ist reine unde guot,

ich ensol ouch niht me an dich gern.

du maht mich des niht wol gewern,

daz du da gesprochen hast.

die triuwe, die du an mir begast,

die sol dir vergelten got.

diz waere der lantliute spot,

swaz ich mich vür dise stunde

arzenien underwunde

und mich daz niht vervienge,

wan als ez doch ergienge.

gemahel, du tuost als diu kint,

diu da gaehes muotes sint:

swaz den kumet in den muot,

ez si übel ode guot,

dar zuo ist in allen gach,
und geriuwet si dar nach.
gemahel, also tuost ouch du.
der rede ist dir ze muote nu:
der die von dir nemen wolde,
so manz danne enden solde,
so geriuwez dich vil lihte doch.'
daz si sich ein teil noch
baz bedaehte, des bater.
er sprach: 'din muoter und din vater
die enmugen din niht wol enbern.
ich ensol ouch niht ir leides gern,
die mir ie gnade taten.
swaz si dir beidiu raten,

liebe gemahel, daz tuo.'
hie mite lachete er dar zuo,
wan er lützel sich versach,
daz doch sit da geschach.

Sus sprach zir er guoter.
der vater und diu muoter
sprachen: 'lieber herre,
ir hat uns vil verre
geliebet und geret:
daz enwaere niht wol gekeret,
wir engultenz iu mit guote.
unser tohter ist ze muote,
daz si den tot durch iuch dol:
des gunne wir ir harte wol,

sus hat siz umbe uns braht.

si enhat sich kurze niht bedaht:

ez ist hiute der dritte tac,

daz si uns allez ane lac,

daz wir ir sin gunden:

nu hat siz an uns vunden.

nÜ läze iuch got mit ir genesen:

wir wellen ir durch iuch entwesen.'

Do im sin gemahel bot

vür sinen siechtuom ir tot

und man ir ernest ersach,

do wart da michel ungemach.

riuweclich gebaerde

und mislichiu beswaerde

huop sich do under in,

zwischen dem kinde und in drin.

ir vater und ir muoter, die

huoben michel weinen hie:

weinens gienc in michel not

umbe ir vil lieben kindes tot.

nu begunde ouch der herre

gedenken also verre

an des kindes triuwe,

und begreif in ouch ein riuwe,

daz er sere weinen began,

und zwivelte vaste dar an,

weder ez bezzer getan

möhte sin ode verlan.

von vorhten weinde euch diu maget:
si wande, er waere dar an verzaget.
sus waren si alle unvro.
si engerten deheines dankes do.

Ze jungest do bedahte sich
ir herre, der arme Heinrich,
und begunde sagen in
groze gnade allen drin
der triuwen und des guotes
(diu maget wart riches muotes,
daz ers gevolgete gerne)
und bereite sich ze Salerne,
so er schierest mohte.
swaz ouch der maget tohte,

daz wart vil schiere bereit-.
schoeniu phärt und richiu kleit,
diu si getruoc nie vor der zit,
hermin unde samit,
den besten zobel, den man vant,
daz was der mägede gewant.

Nu wer möhte vol gesagen
die herzeriuwe und daz klagen
und ir muoter grimmez leit
und ouch des vater arbeit?
ez waere wol under in beiden
ein jaemerlichez scheiden,
do si ir liebez kint von in
gevrumten so gesundez hin,

niemer me ze sehenne in den tot,
wan daz in senfterte ir not
diu reine gotes güete,
von der doch daz gemüete
ouch dem jungen kinde kam,
daz ez den tot gerne nam.
ez was ane ir rat komen:
da von wart von in genomen
alliu klage und swaere,
wan ez anders wunder waere,
daz in ir herze niht zebrach.
ze liebe wart ir ungemach,
daz si dar nach deheine not
enliten umbe des kindes tot.

Sus vuor engegen Salerne
vroelich und gerne
diu maget mit ir herren.
waz möhte ir nu gewerren,
wan daz der wec so verre was,
daz si so lange genas?
do er si vol brahte
hin, als er gedahte,
da er sinen meister vant,
do wart ime da zehant
vil vroelichen gesaget,
er hete braht eine maget,
die er in gewinnen hiez.
dar zuo er in si sehen liez.

daz duhte in ungelouplich.
er sprach: 'kint, hastu dich
disses willen selbe bedaht,
ode bistu uf die rede braht
von bete ode dines herren dro?'
diu maget antwurte im also,
daz si die selben raete
von ir herzen taete.

Des nam in michel wunder,
und vuorte si besunder
und beswuor si vil verre,
ob ir ihr ir herre
die rede bete uz erdrot.
er sprach: 'kint, dir ist not,

daz du dich bedenkest baz,
und sage dir rehte umbe waz:
ob du den tot liden muost
unde daz niht gerne tuost,
so ist din junger lip tot
und vrumet uns leider niht ein brot.
nu enhil mich dines willen niht.
ich sage dir, wie dir geschiht:
ich ziuhe dich uz, so stastu bloz,
und wirt din schame harte groz,
die du von schulden danne hast,
so du nacket vor mir stast.
ich binde dir bein und arme.
ob dich din lip erbarme,

so bedenke disen smerzen:

ich snide dich zem hetzen

und brichez lebende uz dir.

vröuwelin, nu sage mir,

wie din muot dar umbe ste.

ezn geschach nie kinde also we,

als dir muoz von mir geschehen.

daz ich ez tuon sol unde sehen,

da han ich michel angest zuo.

sich, wiez dinem libe tuo:

geriuwetz dich eins hares breit,

so han ich min arbeit

unde du den lip verlorn.'

vil tiure wart si aber besworn,

sin erkande sich vil staete,
daz si sichs abe taete.

Diu maget lachende sprach,
wan si sich des wol versach,
ir hülfe des tages der tot
uz werltlicher not:
'got lone iu, lieber herre,
daz ir mir also verre
hat die warheit gesaget.
entriuwen, ich bin ein teil verzaget:
mir ist ein zwivel geschehen.
ich wil iu rehte begehen,
wie der zwivel ist getan,
den ich nu gewunnen han.

ich vürhte, daz unser arbeit
gar von iuwer zageheit
under wegen belibe.
iuwer rede gezaeme einem wibe,
ir sit eines hasen genaz.
Iuwer angest ist ze groz,
dar urnbe daz ich ersterben sol.
deiswar ir handelt ez niht wol
mit iuwer grozen meisterschaft.
ich bin ein wip und han die kraft:
geturret ir mich sniden,
ich tat ez wol erliden.
die angestliche arbeit,
die ir mir vor hat geseit,

die han ich wol ane iuch vernomen.

zeware ich enwaere her niht komen,

wan daz ich mich weste

des muotes also veste

daz ichz wol mac dulden.

mir ist bi iuwern hulden

diu broede varwe gar benomen

und ein muot also vester komen,

daz ich als angestlichen stan,

als ich ze tanze süle gan:

wan dehein not so groz ist,

diu sich in eines tages vrist

an minem libe genden mac,

mich endunke, daz der eine tac

genuoc tiure si gegeben

umbe daz ewige leben,

daz da niemer zegat.

iu enmac, als min muot stat,

an mir niht gewerren.

getruwet ir minem herren

sinen gesunt wider geben

und mir daz ewige leben,

durch got daz tuot enzit.

lat sehen, welh meister ir sit.

mich reizet vaste dar zuo.

(ich weiz wol durch wen ichz tuo)

in des narnen ez geschehen sol:

der erkennet dienest harte wol

und lat sin ungelonet niht.
ich weiz wol, daz er selbe giht,
swer grozen dienest leiste,
des lon si ouch der meiste.
da von sol ich disen rat
han vür eine süeze not
nach sus gewissem lone.
lieze ich die himelkrone,
so hete ich alwaeren sin,
wan ich doch lihtes künnes bin.'

Nu vernam er, daz si waere
genuoc unwandelbaere,
und vuorte si wider dan
hin zuo dem siechen man

und sprach zuo ir herren:

'uns enmac niht gewerren,

iuwer maget ensi vollen guot.

nu habet vroelichen muot:

ich mache iuch schiere gesunt.'

hin vuorte er si anderstunt

in sin heimlich gemach,

da ez ir herre niht ensach,

und besloz im vor die tür

und warf einen rigel vür:

er enwolde in niht sehen lan,

wie ir ende solde ergan.

in einer kemenaten,

die er vil wol beraten

mit guoter arzenie vant,

hiez er die maget da zehant

abe ziehen diu kleit.

des was si vro und gemeit:

si zarte diu kleider in der nat.

schiere stuont si ane wat

und wart nacket unde bloz:

si enschamte sich niht eins hares groz.

Do si der meister ane sach,

in sinem herzen er des jach,

daz schoener kreatiure

al der werlte waere tiure.

so gar erbarmete si in,

daz im daz herze und der sin

vil nach was dar an verzaget.
nu ersach diu guote maget
einen hohen tisch da stan:
da hiez er si uf gan.
dar uf er si vil vaste bant
und begunde nemen in die hant
ein scharphez mezzer, daz da lac,
des er ze selhen dingen phlac.
ez was lanc unde breit,
wan daz ez so wol niene sneit,
als im waere liep gewesen.
do si niht solde genesen,
do erbarmete in ir not
und wolde ir sanfte tuon den tot.

Nu lac da bi im ein

harte guot wetzestein.

da begunde erz ane strichen

harte unmüezeclichen,

da bi wetzen. daz erhorte

der ir vreude storte,

der arme Heinrich hin vür,

da er stuont vor der tür,

und erbarmete in vil sere,

daz er si niemer mere

lebende solde gesehen.

nu begunde er suochen unde spehen,

unz daz er durch die want

ein loch gande vant,

und ersach si durch die schrunden
nacket und gebunden.
ir lip der was vil minneclich.
nu sach er si an unde sich
und gewan einen niuwen muot:
in duhte do daz niht guot,
des er e gedaht hate
und verkertevil drate
sin altez gemüete
in eine niuwe güete.

Nu er si also schoene sach,
wider sich selben er do sprach:
'du hast einen tumben gedanc,
daz du sunder sinen danc

gerst ze lebenne einen tac,
wider den nieman niht enmac.
du enweist ouch rehte, waz du tuost,
sit du benamen ersterben muost,
daz du diz lasterliche leben,
daz dir got hat gegeben,
niht vil willeclichen treist
und ouch dar zuo niene weist,
ob dich des kindes tot ernert.
swaz dir got hat beschert,
daz la allez geschehen.
ich enwil des kindes tot niht sehen.

'Des bewac er sich zehant
und begunde bozen an die want:

er hiez sich lazen dar in.

der meister sprach: 'Ich enbin

nu niht müezic dar zuo,

daz ich iu iht uf tuo.'

'nein, meister, gesprechet mich.

''herre, ja enmac ich.

beitet unz daz diz erge.

'nein, meister sprechet mich e.'

'nu saget mirz her durch die want.

'ja enist ez niht also gewant.'

zehant liez er in dar in.

do gienc der arme Heinrich hin,

da er die maget gebunden sach.

zuo dem meister er do sprach:

'diz kint ist also wünneclich:

zeware ja enmac ich

sinen tot niht gesehen.

gotes wille müeze an mir geschehen!

wir suln si wider uf lan.

als ich mit iu gedinget han,

daz silber daz wil ich iu geben.

ir sult die maget lazen leben.'

daz horte vil gerne

der meister von Salerne

und volgete im zehant.

die maget er wider uf bant.

Do diu maget rehte ersach,

daz ir ze sterbenne niht geschach,

da was ir muot beswaeret mite.

si brach ir zuht und ir site.

si hete leides genuoc:

zuo den brüsten si sich sluoc,

si zarte unde roufte sich.

ir gebaerde wart so jaemerlich,

daz si nieman hete gesehen,

im enwaere ze weinenne geschehen.

vil bitterlichen si schre:

'we mir vil armen und ouwe!

wie sol ez mir nu ergan,

muoz ich alsus verlorn han

die richen himelkrone?

diu waere mir ze lone

gegeben umbe dise not.

nu bin ich alrest tot.

ouwe, gewaltiger Krist,

waz eren uns benomen ist,

minem herren unde mir!

nu enbirt er und ich enbir

der eren, der uns was gedaht.

ob diz waere volbraht,

so waere im der lip genesen,

und müese ich iemer selic wesen.'

Sus bat si gnuoc umbe den tot.

do enwart ir nie dar nach so not,

sin verlüre gar ir bete.

do nieman durch si niht entete,

do huop si ein schelten.

si sprach: 'ich muoz engelten

mines herren zageheit.

mir hant die liute misseseit:

daz han ich selbe wol ersehen.

ich horte ie die liute jehen,

ir waeret biderbe unde guot

und hetet vesten mannes muot:

so helfe mir got, si hant gelogen.

diu werlt was ie an iu betrogen:

ir waret alle iuwer tage

und sit noch ein werltzage.

des nim ich wol da bi war:

daz ich doch liden getar,

daz enturret ir niht dulden.

herre, von welhen schulden

erschraket ir, do man mich bant?

ez was doch ein dickiu want

enzwischen iu unde mir.

herre min, geturret ir

einen vremeden tot niht vertragen?

ich wil iu geheizen unde sagen,

daz iu nieman niht entuot,

und ist iu nütze unde guot.

ob irz durch iuwer triuwe lat,

daz ist ein vil swacher rat,

des iu got niht lonen wil,

wan der triuwen ist ze vil.'

Swie vil si vlüeche unde bete

und ouch scheltens getete,

daz enmohte ir niht vrum wesen:

si muose iedoch genesen.

swaz do scheltens ergienc,

der arme Heinrich ez emphienc

tugentlichen unde wol,

als ein vrumer ritter sol

dem schoener zühte niht gebrast.

do der gnadelose gast

sine maget wider kleite

und den arzat bereite,

als er gedinget hate,

da vuor er also drate

wider heim ze lande.

swie wol er do erkande,

daz er da heime vunde

mit gemeinem munde

niuwan laster unde spot:

daz liez er allez an got.

Nu hete sich diu guote maget

so gar verweinet und verklaget,

vil nach unz an den tot.

do erkande ir triuwe und ir not

cordis speculator,

vor dem deheines herzen tor

vürnames niht beslozzen ist.

sit er durch sinen süezen list

an in beiden des geruochte,

daz er si versuochte

rehte also volleclichen

sam Joben den richen,

do erzeicte der heilic Krist,

wie liep im triuwe und bärmde ist,

und schiet si do beide

von allem ir leide

und machete in da zestunt

reine unde wol gesunt.

Alsus bezzerte sich

der guote herre Heinrich,

daz er uf sinem wege

von unsers herren gotes phlege

harte schone genas,

daz er vil gar worden was

als von zweinzic jaren.

do si sus gevreuwet waren,

do enbot erz heim ze lande

den, die er erkande

der saelden und der güete,

daz si in ir gemüete

sines gelückes waeren vro.

von schulden muosen si do

von den gnaden vreude han,

die got hete an im getan.

Sine vriunt die besten,

die sine kunft westen,

die riten unde giengen

durch daz si in emphiengen

engegen im wol drie tage.

si engeloupten niemens sage

niuwan ir selber ougen.

si kurn diu gotes tougen

an sinem schoenen libe.

dem meier und sinem wibe,

den mac man wol gelouben,

man enwelle si rehtes rouben,

daz si da heime niht beliben.

si ist iemer ungeschriben,

diu vreude, die si haten,

wan si got hete beraten

mit lieber ougenweide:

die gaben in do beide

ir tohter und ir herre.

ez enwart nie vreude merre,

dan in beiden was geschehen,

do si haten gesehen,

daz si gesunt waren.

si enwesten, wie gebaren.

ir gruoz wart spaehe undersniten

mit vil seltsaenen siten:

ir herzeliep wart also groz,

daz in daz lachen begoz

der regen von den ougen.

der rede ist ane lougen:

si kusten ir tohter munt

etewaz me dan dristunt.

Do emphiengen in die Swabe

mit lobelicher gabe:

daz was ir willeclicher gruoz.

got weiz wol, den Swaben muoz

ieglich biderber man jehen,

der si da heime hat gesehen,

daz bezzers willen niene wart,

dan als in an der heimvart

sin lantliut emphienge.

wiez dar nach ergienge,

waz mac ich da von sprechen me?

er wart richer vil dan e

des guotes und der eren.
daz begunde er allez keren
staeteclichen hin ze gote
und warte sinem gebote
baz dan er e taete.
des ist sin ere staete.

Der meier und diu meierin
die heten ouch vil wol umbe in
verdienet ere unde guot.
ouch hete er niht so valschen muot,
si enhetenz harte wol bewant.
er gap in zeigen da zehant
daz breite geriute,
die erde und die liute,

da er do siecher ufe lac.
siner gemaheln er do phlac
mit guote und mit gemache
und mit aller slahte sache
als einer vrouwen ode baz:
daz reht gebot ime daz.

Nu begunden im die wisen
raten unde prisen
umbe eliche hirat.
ungesamenet was der rat.
er sagete in do sinen muot:
er wolde, diuhtez si guot,
nach sinen vriunden senden
und die rede mit in enden,

swar si ime rieten.

biten und gebieten

hiez er allenthalben dar,

die sines wortes naemen war.

do er si alle dar gewan,

beide mage unde man,

do tet er in die rede kunt.

nu sprach ein gemeiner munt,

ez waere reht unde zit.

hie huop sich ein michel strit

an dem rate under in:

dirre riet her, der ander hin,

als ie die liute taten,

da si solden raten.

Ir rat was so mislich.

do sprach der herre Heinrich:

'iu ist allen wol kunt

daz ich vor kurzer stunt

was vil ungenaeme,

den liuten widerzaeme.

nu enschiuhet mich man noch wip:

mir hat gegeben gesunden lip

unsers herren gebot.

nu ratet mir alle durch got,

von dem ich die genade han,

die mir got hat getan,

daz ich gesunt worden bin

wie ichz verschulde wider in.

si sprachen: 'nemet einen muot,
daz im lip unde guot
iemer undertaenic si.'
sin gemahel stuont da bi,
die er vil güetlich ane sach.
er umbevienc si unde sprach:
'iu ist allen wol gesaget,
daz ich von dirre guoten maget
minen gesunt wider han,
die ir hie sehet bi mir stan.
nu ist si vri als ich da bin:
nu raetet mir al min sin,
daz ich si ze wibe neme.
got gebe, daz es iuch gezeme,

so wil ich si ze wibe han.

zeware, mac daz niht ergan,

so wil ich sterben ane wip,

wan ich ere unde lip

han von ir schulden.

bi unsers herren hulden

wil ich iuch biten alle,

daz ez iu wol gevalle.'

Nu sprachen sie alle geliche,

beide arme und riche,

ez waere ein michel vuoge.

da waren phaffen genuoge:

die gaben si im ze wibe.

nach süezem lanclibe

do besazen si geliche

daz ewige riche..

also müezez uns allen

ze jungest gevallen !

den lon den si da namen,

des helfe uns got. amen.